― 押し花の作品 ―

"菜の花"

　ちょうちょ
　　　　　ちょうちょ
菜の葉に　止まれ♪

菜の花、ちょうちょ（ビオラ）
富士山（パステル）

水辺の
"白い鳥"

白い鳥（ラグラスホワイト）、アジアンタムの小枝、草花

"大空へ"

風船
　（シクラメン、バラ、ビオラ）
スカート
　（イチョウの葉）
　（コスモス）
ズボン
　（パンジー）
帽子
　（アネモネ、枯葉）
　（アジサイ）
髪（トウモロコシのひげ）

花のハーモニー
"彩"

花器（柿の枯葉）
花
（ミニバラ、デルフニウム、
なでしこ、アメジスセイジ、
パンジー、クローバー）

いのちのいのちの物語

四つ葉のクローバーが運んでくれた幸せ

GL
じー　える

文芸社

第1章 不思議な夢 ……………………… 5

「今、手術をしなければもう終わりです」 6
癌の告知 7
そして大学病院に入院 9
手術 15
天使？ 17
ある「本」との出会い 21
次の手術を待っている間に 23
季節は冬に 25
その2週間後、今度は抗癌剤治療で入院 29
ナーバス（nervosu） 31
季節は冬から春へ 35
不思議な夢 36
最後の抗癌剤治療 38
春うらら 44
自宅療養中に 46
再発 50
30年来のお友達と 52
季節は梅雨に 54
放射線治療 57
北海道から幸福行きのキップ 60
大切な仲間 62
別れ 64

奇跡（癌に勝つ！）　*65*

結婚式　*69*

帽子の夢叶う　*74*

虹の架け橋　*77*

ブログ（願いを叶えるために）とホームページ（幸運の帽子）　*80*

幸運の帽子とは　*81*

かけがえのない大切なもの　*83*

第2章　天からの贈り物 ……………………………… *87*

四つ葉のクローバー　*88*

禍福は糾える縄のごとし　*90*

四つ葉のクローバー　風薫る5月　*93*

幸せを運ぶ四つ葉のクローバー　*94*

お彼岸なので娘とお寺へ　*95*

ミラクル☆　*100*

四つ葉のクローバーの押し花　*102*

朝の公園　*104*

17,000本を超える　*107*

ラッキーカラー☆　*109*

鑑定士さんに出会って3年後　*113*

思わぬ展開　*117*

ついに願いが叶うときが　*120*

第 *1* 章
不思議な夢

「今、手術をしなければもう終わりです」
─2005年（秋）─

家で心配して待っていた長女の顔を見た途端

ポロポロ　ポロポロ
ポロポロ　ポロポロ

ぐしょぐしょ

今まで抑えていた涙が溢れ出し
ふたりでいっぱい泣いた

「Ｙ子と病院についていくからね
だいじょうぶ
だいじょうぶだよ」

長女の生まれ持った明るい性格が功を奏し
今にも　折れそうな私の心を救ってくれた

癌の告知

　子宮癌検診を受けたのは５年前、そのときは何の異常もなく数年が経ちました。

　その後、自覚症状が少し気になるようになり、精神的なストレスと重なり、その回数も次第に多くなって、これは、ただごとではないと心配になってきたのです。

　私に限って癌なんて……と否定するものの、年齢的にもしかしたらという不安が頭をよぎり、悩み始めていました。

　しかし、そういう悩みを思いめぐらすことはいくらでもできるのに、不安の方が恐れをなし、病院に行く足をいつも踏みとどまらせていました。

　仕事をしていればあまり考えなくて済むからと面接に行き、仕事は決まりました。ところが、仕事先に提出する健康診断書が必要になったのです。婦人科の受診は、もう無視するわけにはいかなくなりました。

　仕事先の担当者に事情を説明したところ、結果が出るまで待ってくださることになったのです。

　しかし……。

第１章　不思議な夢

「悪いものが見つかりました」

その結果は、紛れもなく私が恐れていた"癌"の告知でしかありませんでした。頭が真っ白になり、身体の力が抜けていく……。

「手術は、したくないです」

と言った私に、

「手術をしなければ、もう終わりですよ」

と言う先生の一言が返ってきました。

そんなことを言われても……という気持ちと、あまりにも簡単に言われた「終わり」という言葉に、返す言葉はありませんでした。

「手術の予約が取れましたので、明日大学病院で受診をしてください。夕方の６時まで病院にいますので、何か心配なことがあったら私のところに来てください」

ということで紹介状を書いてくださり、都内の大学病院で手術をすることになったのでした。

そして大学病院に入院

　癌が見つかって1か月後、私は長女と次女、主人のお父さん、それから私の姉の4人に付き添ってもらい、都内の大学病院に向かいました。

　入院手続きを済ませ、案内された病室に荷物を置き、家族と待っていました。しばらくすると師長さんが来られて、

「面談ですが、担当の医師が手術に入ることになってしまい夕方になりそうです。夕方までだいぶ時間がありますので、いったん外出をされて5時頃までにここに戻ってきていただければと思います」

　すぐに家族との面談があり、それが済めば私ひとり病室に残されるものと思っていたので、夕方になると聞いて戸惑うも、とりあえず病院を出ることにしました。

　外のやさしい秋風に誘われるように、落ち葉を踏みながら坂道を歩き始めました。

　どうやら"教会"に続くようです。

　この道を歩くのは久しぶりでした。5年前まで次女が通学していた学校があり、私にとっても特別な思い出が

第1章　不思議な夢

あります。それをよく分かっている次女が、みんなを連れて来てくれたのでした。

　この辺りは、都心でも珍しく緑に囲まれた閑静な住宅地。その一角に一段と高くそびえる白い建物が大学病院です。
　癌の告知を受け、この病院で手術をすると聞いたときはびっくりしました。そして入院の日に、思いがけなく６時間の時間が空いて、教会まで来ているのです。ただの偶然とは思えませんでした。

　普段訪れることのないカトリックとプロテスタントの両方を真理としている教会。
　神聖なる礼拝堂はとても静かです。
　木造の建物の空間に癒され、気持ちが穏やかになるのでした。
　たった一人、お祈りをしている女子学生がいるだけで、

私たち家族の貴重な時間がゆっくりゆっくりと流れています。長椅子にもたれ、みんなとゆっくりお話ができ、家族との絆も深まっていきました。

　でもまだ、私には心配なことがありました。
　それは主人のことです。
　誠実で頭のいい人。そして何よりもそのやさしい笑顔が大好きな私は、見つめられるととろけてしまいそうに……。そんな主人が家の中でよく怒るようになりました。悩んでいてふさぎがちの生活が日に日に多くなり、うつ状態に。コミュニケーションを取るのも大変になり、私はもちろんのこと、二人の娘たちも思い悩み、心を痛めていました。そんな最中の"癌の告知"だったのです。
　お義母さんは亡くなり、お義父さんと同居していたので、少しは気づいていると思いましたが、私が病気になってしまったので、そのことも話さなければならなくなったのです。
　お義父さんはさすがに驚いた様子。そしてとても寂しそうでした。

　窓のステンドグラスから差し込む明かりが、やさしく私たちを包み込みます。
「お義父さん、すみません、主人のこと、娘たちのこと、よろしくお願いします」

第１章　不思議な夢

私の言葉に、お義父さんは応えてくれました。
「大丈夫だ。何も心配しなくていい。私がいるから」

　薄暗くなってきた聖堂入口の神秘的な美しいステンドグラスから降り注ぐ光。それはきっと未来につながる希望の光。
　イエス・キリストと聖マリア様は、私たち家族の話を聞いていて、ずっと見守ってくれていたような気がしました。
　Y子、ありがとう。

　病室に戻りカンファレンス室へ。部屋の中に重苦しい空気が漂い始めました。
　まず「あなたはここです」と言われて中央に、家族は私の周りに座るように指示があり、横の壁には黒板、私の後ろには何枚ものレントゲン写真が並べられました。
　ドラマで見るような場面の真っ只中で、主役の私、そして本物のお医者様が私の目の前で手術の説明をしています。だんだん怖くなってきて下ばかりを向いていた私を気づかいながら……。

「あなたは、診察のとおり"癌"です」

「…………」

「でも癌だからといって、
　決してこの世の終わりではありません。
　必ず治ります。
　大丈夫です。
　ＧＬさん、３日後の手術、がんばりましょうね」

　予想はしていたものの、ショックで最初は言葉が出ませんでした。しかし先生の真剣なまなざし、心強い励ましの言葉を聞いて、家族全員、信頼の連鎖がつながれていきました。

　癌と分かってからあっという間に入院、手術……。もはや私の意志とは別のところですべてが動いていました。

第１章　不思議な夢

病院といえば〈怖い〉
医者といえば〈怖い〉
それよりももっともっと〈怖い〉"癌"
その"癌"と闘うなんて　想像できません
その現実がすぐ目の前に
逃れられない恐怖に胸が押しつぶされそう
何ひとつ受け止められないまま
いつの間にか時間が止まり
未知なる世界で変わっていく自分を
ドキドキしながら見ていた
まるで　こわ〜い夢でも見ているかのように

スムーズに様々な検査が進んで自己血を採り
そして……
手術という大場面を迎えた

手術
―手術室は未知との遭遇―

　朝8時。
　手術のための点滴が付けられ、車椅子で手術室へ。
　エレベーターのドアが開くたびに、今にも破裂してしまいそうな私の心臓は余計にドキドキしていた。
　今度は「手術室」と書かれた大きなドアがゆっくりと開き……。
　ここからは全く予想がつかない世界です。もう、なるがまま、でした。天井を仰ぎ、神に祈るのみ。
　私のストレッチャーはスローモーションで進み、まもなく、〈手術中〉のドアの中へ。

　手術室はまだ薄暗く、先生と看護師さんの声が遠くから聞こえたかと思ったら、白いマスクの人たちが音もなく次々と現れて、私の周りにたくさん集まってきました。そしてそれらは目、目、目、目、目だけがうごめいていて、まるで宇宙人にでも遭遇しているような奇妙な気持ちになりました。
　今のうちにしっかり確認しておかなくてはと見ていると、宇宙人ではなく、どれもやさしく高貴な目で少しホッとしましたが、もしかしたら「ＧＬさん」と声をか

けてくれるかもしれないというかすかな期待から、まだ
ずっと目で追っていました。
　しばらくするとライトが点き、硬膜外麻酔の注射針の
感覚とともに背中を走向していく衝撃の瞬間を体感し、
そして、私の意識は遠ざかっていった。

　8時間の手術が無事に終わり、朦朧とする意識の中、
執刀医の先生と長女、次女、主人のお父さんが話をして
いるのが見えました。
　私のそばまで来て、
「GLさん、手術、うまくいってよかったですね」
　とにこやかな顔で言ってくださり、手術前の先生とは
全然違う表情に、みんなホッとしているのが分かりまし
た。

　おかあさん、よくがんばったね。
　早く元気になってね、がんばれ〜。
　　　　　　　　　　　　　　　　　　　　　みんなより

　メッセージカードと私の大好きなお花を、娘たちが
ベッドの横の出窓に飾っておいてくれました。

天使？

　その夜は一晩中苦しみの中を彷徨っていました。

　何度も何度も呼び掛けてくれる看護師さんのやさしい声、看護師さんがいなくなったと思ったら……。
　今度は「バタバタッ！　バタバタッ！」という音とささやく声。
　何かいる！
　また「バタバタッ！　バタバタッバタッ！」
　と右へ、左へと、ベッドの上の天井の隅の方に白っぽい羽のようなものが…??
　もしかしたら……天使!?
　音のする方を一生懸命に目で追っていました。

　そのうち音がしなくなってしまったけれど、いつまでもそのことが頭から離れません。
　天使……天使……と。
　天使に気を取られている間は、不思議と痛みが和らぎ、

第１章　不思議な夢

気も紛れていたことが分かった。

　そんな長い長い夜、私の痛々しい身体は苦しみを乗り越えようと懸命にがんばっていたのでした。
　窓の外が明るくなるにつれて、身体がだいぶ楽に……。
　冬の厳しい寒さから、春を迎える雪解けのように、ゆっくり、ゆっくりと。
　いつもとは違う景色、なんてきれいなのでしょう！
オレンジ色の朝日が目の前にあらわれ、キラキラと輝く太陽の光に包まれ、あったか〜い。なんだか幸せな気分。世界が変わったみたいでした。

　そんな私を見ていた先生が、
「順調ですね。何か心配なこと、ありませんか？
　辛いとかあったら、いつでも言ってくださいね」
　と。

　午前中は安静を保ち、午後にはベッドの上に身体を起こすことができました。人間の回復力はすごいです。

　３時から教授回診です。
　今度は教授を筆頭に白衣の先生たちが病室に入ってきました。
　ドラマ「白い巨塔」のようで圧巻でした。

班の先生が手術の説明をした後、教授が、
「昨日あんなに大きな手術をしたとは思えないほどです
ね」
　とやさしい笑顔でおっしゃいました。
　教授という自信に満ち溢れた"オーラ"を受けながら
たくさんの白衣の先生たちに見られ、恥ずかしくてドキ
ドキしていた私は、手術室で見た、たくさんの目の宇宙
人はこの先生たちだったのだと気づくのでした。
　その後、看護師さんに支えられながら初めて踏み出す
１歩。自力で点滴棒につかまり、お腹の痛みと格闘しな
がら歩行練習——。
　あっという間でしたが、今までの悩みや気がかりなこ
とすべてが痛みとともに消えようとしていた。大きな病
気が私を変え、リセットしてくれたのだと思います。

　先生、看護師さん、家族に見守られ、そして天使や朝
日にも癒されながら回復しています。
　苦しみの中にいながらやさしさに包まれて生きている
のを、娘も同じよう喜び、理解者になってくれていたの
でした。

「もう、前みたいに、考えこんだらだめだよ。
　そうしないと私たちががんばっている意味がないから

第１章　不思議な夢

ね」

　自分のことだけでも精いっぱいなのに、私のことと家のことを一挙に背負うことになってしまった娘たち。でも毎日病院に来ると安心するらしく、私と笑って話ができる時間を、何よりも大切にしてくれていました。

　マイペースな主人のお父さんも、ふら〜っとやって来ます。

　私の元気な顔を見てすぐに帰る、そういう人だけど、自分を頼ってくれているという責任感とやさしさが、黙っていても伝わってきます。こうしていろいろなことに癒されながら１日１日と回復していきました。

　しかし、退院を心待ちにしていたところに、手術前から予測されていた膀胱のトラブルが発生。主治医の先生に外来に呼ばれ、すぐに検査。
「これは手術しかありませんね」
　今度は別の手術をすることに……。

　窓から見える空をぽんやりと眺め、不安な毎日を過ごしていました。

ある「本」との出会い

　そんなある日、長女から、
「これ、私の大好きな本だから読んでみてね」
と渡された１冊の本。
　それは
『Good Luck』
　四つ葉のクローバーの奇跡を呼ぶ物語でした。

　ベッドの中でこの本を読み終わったその瞬間に、目の前の霧が……、サ～～ッと晴れていくような衝撃を受け、何か不思議な力をもらったような気がしました。

　本の最後に、

「お母さんへ
　この１か月たくさんいろいろなことがあったね。
　それにお母さんは
　いっぱい　乗り越えてがんばっているね。
　私や　Ｙ子では分かってあげられないことも
　あるかもしれないけど、
　みんなお母さんを、たいせつに思っているよ

第１章　不思議な夢

これから辛いことがあるかもしれないけど、
みんなで協力してがんばろう
ファイト！！
いつも　ゆっくりできなくてゴメンネ。

　　　　　　　　　　　　　　　―長女―」

次の手術を待っている間に

　たくさんの患者さんが入れ替わっていきました。その間いろいろな患者さんとお話ができ、お互い支え合いながら毎日を過ごしていました。

　病院の廊下を、点滴棒を引きながら歩いていたところ、私よりも若い女性が声をかけてくれました。

　彼女は病気とは思えないほど元気そうでしたが、私と同じように点滴をして、頭には帽子を被り、メガネをかけています。3年前に子宮癌の手術をし、その後、抗癌剤治療のために入退院を繰り返し、今回は腸閉塞のための入院であるとのことで、いつしか気になる存在になりました。

　それ以来、彼女、Aさんはちょくちょく私の病室に来るようになって、窓から見える東京タワーや観覧車などの夜景を見ながらおしゃべりするようになりました。
「明日もまた、ここに来てもいいですか」
　Aさんのメガネの奥に光るものを見たような気がしました。

　その後、Aさんは別のお友達を私に紹介してくれて、気がつくと、私はいつの間にかたくさんの人たちに囲ま

れて過ごしていました。

　みんな明るくて、いい人ばかり。おしゃべりに花が咲き、痛い痛いとお腹を心配するほど笑い、まるで女子高生に戻ったみたいに楽しい毎日に。

　手術を待っている間に出会った人、みんなそれぞれにいろいろな病気と闘っていました。私が元気で前向きな気持ちでいられたのは、周りの辛い患者さんからもたくさんの元気をもらえていたおかげなのかもしれません。

季節は冬に
―2回目の手術。退院―

「いよいよですね、ＧＬさん。大丈夫だからね。必ず良くなって、お家に帰れますからね。何も心配しないで……」

　最初の手術から２か月後の12月２日、午後１時。
　婦人科の傘下の下、今度は泌尿器科による手術が行われ、その後、外科による人工肛門造設の手術が追加されました。
　手術は長引き、８時間を過ぎても終わらないので、娘たちは心細かったそうですが、そのころ、落ち着かない様子で病室とロビーを行ったり来たりしている入院中のＡさんの姿を、何度も目撃していました。
　夜の消灯時間を過ぎ、今度はＡさんと、やはり入院中に知り合ったＦさんの２人が薄暗いロビーのエレベーターの前に。
　夜は深まり、静けさを増す病棟の片隅で、私を載せたストレッチャーが帰って来るのを今か今かと待ち続けていたお友達と娘たち。いつしか言葉はなくなり、時計の針を見ては、ため息ばかりだったそうです。

第１章　不思議な夢

手術が終わって病室に戻って来たのは、真夜中の午前
１時でした。

　およそ12時間の手術から４日。
　しかしまだ離床ができません。メソメソ泣いてばかり
いました。このまま離床ができないと大変なことになる
らしく、看護師さんも真剣です。
　そのうち吐き気に苦しむようになり、病室に大きなレ
ントゲンの器械が入り、慌ただしくなってきました。
　カーテンの向こうから、
「ＧＬさん、大丈夫？」
「大丈夫？」
　というＡさんとＦさんの声が……。
　その後、外科の先生と婦人科の先生が私を見ながら何
か話をしている声も聞こえてきました。
　私はその声に反応して、慌てて首を横に振りました。
それを見ていた婦人科の先生が、「もう１日だけ様子を
見ましょう」と外科の先生に言ってくれました。

　翌朝になると、３人の看護師さんが車椅子を持って来
て、
「ＧＬさん、がんばりましょうね。ちょっと苦しいかも
しれないけど、がまんしてくださいよ〜。婦人科の先生
からの依頼だからね」

「さあ、行くよ〜！」

　と、３人がかりで私を抱えると、車椅子に私を移し、レントゲン室まで連れて行かれたのでした。

　先生たちの作戦だったのか、これがきっかけで、ようやく離床ができるようになったのです。

　24日はクリスマス・イブ。

　東京タワーがオレンジ色からブルーに。

　色が変わる瞬間を見たカップルは、幸せになれると言われています。

　大晦日。

　前日まで熱があり、ずっとおかゆでしたが、この日は普通食に代えてもらい、年越しそばをいただきました。

　年が明け、お正月の三が日。

　びっくりするほど豪華なおせち料理まで食べられて、病院に居残りになった仲間と、お正月を満喫し、その２週間後、やっと退院。

第１章　不思議な夢

１月の戸外はとても寒かった
気合を入れて
手袋と厚手のコートを着て
娘たちと家路へと向かう
踏みしめる久しぶりの靴の感触
人混みの中を手すりにつかまり階段を上る
地に足がついていないような
不安な自分の身体を労わりながら
ゆっくり　ゆっくり　１歩１歩

その2週間後、今度は抗癌剤治療で入院

　寒さが一段と厳しくなってきた2月……。
　再発を防ぐための抗癌剤治療が今日から始まります。
　少し緊張しているけれど、窓からの景色がリラックスさせてくれます。
　外来受診に来ていた仲間が「がんばってね」と笑顔で応援に来てくれました。
　主治医の先生も、「今日から仕切り直しですよ。またがんばりましょうね」と。
　不安だけど、みんなが、そばにいてくれます。
　がんばらなくては……。

　抗癌剤は副作用も多く、様々なリスクを伴うもの。治療をするにあたって承諾、同意をしてから臨みます。

　主な副作用は骨髄に影響し、血液の働きが低下し、白血球数が2000/nl（ナノリットル）を下ると皮下注射をして上げなければなりません。免疫が下がり、風邪もひきやすくなるので、マスクは手放せなくなります。

　その他の副作用は、吐き気・脱毛・手のしびれ・筋肉

痛・関節痛・口内炎・全身倦怠感・下痢・便秘・腎臓や肝臓の機能低下・不整脈など。

　１回目、２回目と順調に治療が進むのですが、この後、副作用の〝脱毛〟が予想以上に私を苦しめることになるのです。

ナーバス（nervosu）

　抗癌剤による脱毛の恐怖と孤独感で精神的におかしくなり、班の先生の回診の時間になると、私はトイレに隠れることばかり考えていました。
「髪の毛より命が大事だよ」
「癌なのだから…」
「治療なのだから…」
　そんな仲間や先生のやさしい言葉も私の心には届かず、ただ虚しさだけが……。
　他人には分からない屈辱感でやり場のない感情を必死で押さえていましたが、大好きなみんなの前で「辛い」と言えない辛さに笑顔が消えました。
　自分の存在なんて……、今すぐ消えてしまいたい。
　大好きで大好きで、たまらなかった昨日までのいろいろなことを思い……。
　独りぼっちになってしまったような寂しい気持ちのまま、いつの間にか眠ってしまい、暗い闇の中に……。

　ここはどこ？
　暗闇にいるのは自分だけで、怖くなります。
　遠くの方に小さい点のようなものを見つけ、思わず

第１章　不思議な夢

「消えないで」と祈りました。

　見失ってしまいそうなくらい小さい、たった1つの明かり。

　なぜ？　……あっ！

　私は自分に甘えていて、行き場所を見失っているのだ。

　どれくらい時間がたったのでしょう。

　遠くに見えていた小さな点が、さっきよりも大きくなって近くに……。

　今ならここから抜け出せる。思い切って手を伸ばしてみました。

　すると……いきなり光とともに身体が解き放たれ、目の前が明るくなりました。

　あわてて周りを見渡すけれど、夜はまだ明けていません。

　目を閉じて布団の中で、そのときの光の余韻をもう一度感じてみます。

　今起きた不思議な現象を思い起こし、何度も胸に手を当てて、大切な今の自分の気持ちを忘れないように、しっかりと心の奥に刻み込んだ。

　朝、腫れた瞼が重たくて仕方がありません。

　6時の検温……。

　いつもと何も変わらない1日が始まりました。

こんな私では……もう、ここにはいられません。
　１人になりたい、１日も早く。
　自分を見るのも、自分を抑えるのも、もう限界。
　逃げるようにして退院してきたのを、今でもはっきり
と覚えています。

　自分の現実と向き合うようになったのはそれからでし
た。

　帽子を被り大きな鏡の前に立つ。
　どれを被っても萎えてしまう。
　全くと言っていいほど全然似合いませんでした。
　髪の毛がないからです。
　なんともやりきれない気持ち。
　それでも鏡に向かい、慣れようとする凄まじい努力。
　帽子に対する、ものすごい執念。

　そんな私の行動を、鏡の向こうで次女がいつも見守っ
てくれていました。
　笑いもせず、文句ひとつ言わず、面倒くさがらず、時
間が許す限りとことん付き合ってくれて、
「バンダナにする？　それともカツラにする？　いや
……やっぱり帽子かな？」
　と、親身になって考えてくれていました。

第１章　不思議な夢

やはり、エレベーターもカーテンもなく、先生も看護師さんも、仲間も、誰もいない家がホッとする。

季節は冬から春へ
―かわいい桜色の帽子―

　きょうは婦人科の外来受診。
　デパートで買ったカツラで、気合を入れて病院へ行きます。
　でも……先生に会いたいような、会いたくないような……。
　フゥ～。フゥ～。

「今度が、抗癌剤の最後の治療ですよ。
　がんばってください」

　帰る途中の駅ビルの店内は、早くも春の装いに。
　目に留まったのは桜色の帽子。その帽子は、まるで私のためにあったかのように、昨日までボロボロに傷ついていた私の心とコンプレックスを見事に癒し、あたたかくそっと包みこんでくれた。

　思いがけなく可愛い帽子が買えたことがすごくうれしくて、いつの間にかベッドで、ウトウト…☆☆☆

第１章　不思議な夢

不思議な夢

それは、
夢うつつの中で…
ハッ！
何だろう？　今のは
確か　帽子だった
そうなんだけど
う〜〜〜〜む

一瞬で通り過ぎたから　もう今となっては…
思い出せそうもない
だけど　すごく気になって

祈るような気持ちで夢を呼び寄せる
駆り立てる気持ちにそっと重石を乗せ、目を閉じてもう
一度
お願〜い！　おねが〜い！
すると……
だんだん形が〜！

やっぱり…、ただの帽子ではない

今、私が一番必要としている帽子であることが分かった
　　夢の中で私に教えてくれていたのです。

　無我夢中で、昨日買った桜色の帽子につけ毛をつけて
再現してみました。
　1時間後、夢で見たものが、現実のものに。
　しかも自分にピッタリの帽子。驚くばかりでした。

　こうして再び桜色の帽子と、夢の中で感動の出会いを
したのでした。

　一度も見たことがなく　一度も考えたことがなかった
帽子と、なぜ、夢の中で出会ったのでしょう。
　なぜ夢の中でしか出会えなかったのでしょう。

　運命的な、この帽子との出会い。これは、ただの偶然
ではない……と。
　これこそ私へのメッセージだと確信しました。
　そして、この確信が最初に出会った『Good Luck』の
物語とつながり、もしかしたら私の物語が始まるのでは
……。
　そんな予感がしたのは、間違いなくこのときだった。

第1章　不思議な夢

最後の抗癌剤治療
―帽子デビュー―

入院1日目。
また同じ病室に戻って来ました。

荷物の中のものをいつものように手際良く配置、日記帳、携帯電話、デジタルカメラ、そしてお気に入りの便箋と封

筒を引き出しの奥に入れ、次に白地に紺模様のTシャツ、その上に紺色の上下のアンサンブルのパジャマに着替えました。これは、今日の"桜色の帽子"に合わせました。
　これで、もう大丈夫。

　同室だったのは、私と同年代の人で、何度かお話ししたことがありました。そしてカーテンの向こう側にはAさんもいましたが、ほとんど会話もなく、6人部屋に移動して行きました。彼女の様子が少し変なので後で行ってみることにして……。
　とりあえず、1人になろうと決め、カーテンを手繰り寄せ、完全に閉め切って少し横になりました。

抗癌剤の治療は明日で最後。

　そして、この治療が終わると、２か月後に外科病棟の病室に移動し、人工肛門を元に戻すための手術を受けるのです。

　ここの病棟での入院はあと２日。まだ終わったわけではないけれど、苦しいときに癒してくれた夜景や、大好きなみんなと過ごした病室を離れると思うと、寂しい気持ちになるのでした。

　２日目。
「最後の治療、がんばれ〜」
　早朝から、みんなのメールが入っていました。

　９時30分、点滴がつけられて、私の心の準備も完璧です。

　廊下に来ていたワゴン販売の車が気になって、同室の方と点滴棒をガラガラと押して、お菓子、飴、飲み物など夢中になって選んでいました。

　すると、おや？　足元に白い靴……!!

　ゆっくりゆっくり見上げると、点滴をつけてくれた先生が私の目の前にいて、
「ＧＬさん！」
　は、はーい！

　わ、わ〜、カルテを抱えた主治医の先生も……。

　ブツブツ訳の分からないことを言って固まっている私

第１章　不思議な夢

に、

「ＧＬさん、とてもお元気そうですね。いよいよ今日が最後の治療ですから、がんばりましょうね。どうぞお買い物を続けてください、お買い物～、お買い物～」

　あ～、ちょっと待ってぇ～！

　最後の大事な回診だというのに、通路で終わるなんて……。

　でも、桜色の帽子を被ってルンルン気分の私を、主治医の先生はきっと気づいています。

　そして、看護師さんも……。

　５時間の抗癌剤治療が終わろうとしたころ、Ａさんが私の病室に顔を見せに来てくれました。

　最初はぎこちなく微妙な感じでしたが、昨日とは違う、明るい顔のＡさんに少しホッとしました。

　最後の抗癌剤治療も終わり、明日は退院。そこで、朝から手紙を書いています。

　ときどきＡさんが来て他愛もないおしゃべりを楽しみました。病院での最後の時間だと思うと、１分１秒がとても大切でした。

看護部長様

　長い間、大変お世話になりました。

リスクの高い癌と向き合った6か月というとても厳しい闘いの毎日でしたが、すばらしい先生と、いつも献身的に患者さんの看護をされていた看護師さんに、心が洗われるようでした。

　初めての手術で、何度も何度もやさしく声をかけてくださった看護師さん。

　手術後、いつまでたっても離床ができなくて泣いていたとき、手を差し伸べて身体を温かく抱いてくださった看護師さん。

　便が詰まり、苦しんでいたとき、掻き出してくださった看護師さん。

　麻酔が痛かったことなど、不安や苦しみをベッドのそばで一生懸命に聞いてくださった看護師さん。

　お腹に3cmくらいの穴、それは腸閉塞にならないように設けられた人工肛門でしたが、ショックで私には見ることができません。自己導尿もそうでしたが、ずっと看護師さんが見守って教えてくれていました。人工肛門のの穴から見えたのは自分の小腸です。一生懸命に働いてくれていました。そして尿も、スルスルーと流れるのを見て、当たり前のことなのに、この貴重な体験のおかげで、いのちの尊さと、身体の神秘さに思わず感動させられました。

　他にも、私の知らないところでもっともっと心配してくださっていたことを後で知り、胸がいっぱいになりま

第1章　不思議な夢

す。
　どんなときも患者さんに寄り添い、一生懸命に大変な
お仕事をされている看護師さんは、いつも素敵でした。
　この病棟の、みんなが大好きでした。
　そんな１人１人に出会えて、本当によかったと、心か
ら感謝しています。
　長い間、本当にありがとうございました。

　　　　　　　　　　　　　　　　　　　　　　ＧＬ

　夜８時。
「ＧＬさん、明日退院ですね。
　私が今日の夜勤の担当です。
　検温と血圧を測りますね」
　偶然にも、最初の手術の夜に声をかけてくれた、あの
時の看護師さんです。
　いろいろとありがとうございました。
　しかし、これは偶然ではなく、看護師さんご自身が望
んで、私の部屋の担当になってくださったことを後で知
りました。

　退院。
　最後の抗癌剤治療も無事に終わり、手作りの桜色の帽
子を被り、笑顔で退院の日を迎えました。

おはようございますの挨拶をして、検温、血圧、すべて正常。顔を洗い、軽くお化粧。
　朝食を摂り、荷物の整理をしながら、娘たちが迎えに来てくれるのを待ちます。

　エレベーターの前で手を振り、Aさんと看護師さんが見送ってくれました。

第1章　不思議な夢

春うらら

　外はすっかり春めいて、青空に桜の花がきれいでした。
春風に舞い散る桜吹雪。♪さくら〜　さくら〜
桜の花が退院を祝ってくれているようです。
　私は、この場所も建物も景色も植物も人も、全部が大好きでした。私がここに6か月間もいられた理由、ここがどうしようもなく好きになれた訳が、ここにいると分かると思います。
　この思いを桜の花に伝え、私の記憶の1ページとして消えることのないように、心の奥にずっとずっと大切にしまっておきます。

　看護師さんから頂いた、きれいな和紙に包まれた箱を開けてみると、おいしそうな桜の形をした和菓子と、四つ葉のクローバーのマグカップが……！
　"あなたは一生けんめい。だからずっと応援してるよ"

　病院に行けばいつでも会えると思っていた看護師さんたちですが、この春に数人の看護師さんが病院を去られると聞きました。
　これからもたくさんの感動を患者さんに与えられる素

敵な看護師さんでいてくださいね。
　ありがとうございました。

第1章　不思議な夢

自宅療養中に
―特許庁とがんセンターへ―

　脱毛以外はなんでもなかった体調が崩れ出し、寝ていると、下半身の倦怠感と脚のすねの辺りがズーズー、ビービーとざわつくようななんとも言えない嫌悪感がある。足先と足の裏も、少し感覚がないような抗癌剤の副作用が気になる中、誰かに動かされてでもいるような帽子への思いが毎日毎日頭の中を駆け巡り……。

　じっとしていられない、もう行くしかないと。

　夢の中で見たときの、言葉ではないメッセージに向かって、漠然と歩き出していたのでした。

　まず、特許庁で調べてみました。
　自分が被っている帽子とほぼ同じような帽子の登録がが81件もあり、複雑な気持ちに……。
　でも自分の中に、何かひっかかるものがあり、係の人から申請書一式の書類が入っている茶封筒をもらって帰って来ましたが、その書類は開けてみることはないだろうと思いました。
　とにかく、私がそういう帽子がすでにあることを知ったのはこのときが初めてだったので、その夜はなかなか

眠れませんでした。

退院から２週間後、
通院の日がうれしかった（^^♪
少しカールの髪に桜色の帽子で
大好きな病院　大好きな人に会える　ルンルン

こんなにも笑顔で前向きになれるって
すご～い！

やっぱり　これは魔法の帽子　☆＊＊～

　特許庁に登録されている帽子が、がんセンターに置いてあるのを見たという仲間の情報があり、実物を自分の目で確かめてみたいと思い、今度は有明にある病院に行くことにしました。
　あのとき、忘れるはずだった。
　しかし忘れようとすればするほど逆に思いは強くなるばかり……。
　なぜなら　脱毛で苦しんでいた私を救ってくれた帽子だから……。

　がんセンターに行ってみました。

第１章　不思議な夢

さすがに専門の大病院とあって、ボランティアの方が、癌患者さんのためにケアをする部屋まで設けられており、そこには誰でも入室ができるようになっていました。

　通常、病院内ではお化粧は禁止ですが、女性の患者さんにとっては、病気のために変わっていく容姿は、病気同様に気になるものです。眉毛ひとつにしても大切なもの。そういう患者さんのために、化粧の指導もしてくれるのです。

　そして簡単な帽子の作り方を指導し、帽子を編んでいる患者さんも何人かいました。もちろん医療用のカツラも置いてあります。確かに、特許庁で見たものと同じようなものが、ガラスケース内の一角に商品化されて並んでいました。

「これだ〜」

　しばらく私が見ていると、スタッフがケースから出して、使い方まで教えてくれました。

　私が被っている帽子自体がすでに同じものになっているので、ちょっと気づいてもよさそうなのに、全く気づく様子もなく、「もしよかったら」と勧められ、ドキドキしてしまいました。

　私にとって、この現場は非常にありがたく、自分の思いの階段を一段上れたような充実感がありました。

　歩けば、動けば、脚はパンパンでとても辛いです。そ

れでもじっとしていられず、特許庁に行ったり、こうして遠い病院にまで来てしまうのは、きっと、夢の中で出会った帽子に救われている今の私だけしかできないことで、そこまでする意味が、この帽子には必ずあると思っていたからです。

自分を信じること
絶対にあきらめないこと

　何度も何度も、心の中でこの言葉を思い出して、自分を励ましていました。

第1章　不思議な夢

再発

　抗癌剤の副作用が癒える間もなく、2回目の膀胱の手術のときに増設された人工肛門をもとに戻す最後の外科の手術が行われ、それも無事終わり、ホッとしていました。

　外科の手術が終わり、これで全てが終わるはずでしたが、婦人科の主治医の先生から「癌再発」を知らされるのです。
　そして……、放射線治療をすることになるのでした。

　それでも帽子への思いは変わりません。
　癌と闘う自分。
　帽子と向き合う自分。
　両方とも、今、自分がやらなければならないこと。

　もう、どちらもやめられないのです。
　治療は辛くて当たり前。
　必ず良くなるために用意された治療だから。
　時間がありません。
　さあ〜、急がなければ……。

第1章　不思議な夢

30年来のお友達と

　毎日毎日、1日も欠かさず励ましのメールを送り続けてくれていた30年来の友達と久しぶりに会うことになりました。
「長いことお疲れさまでした〜。がんばったわね」
　そう言って、この日を迎えられたことを自分のことのように喜んでくれました。
　しかしこのとき、予期せぬ癌の再発で治療しなければならなくなったことと、もうひとつ、みんなに黙っていた帽子の特許申請をしようと思っていることを伝え、びっくりさせてしまいました。

「きょうばかりは神様はいないのではないか、そう思ったけど、GLさんから元気をもらい、考えさせられたわ。
　あと少しよ、がんばってね。
　みんながついているから心強く思って、"癌"と立ち向かってください。私たちにもできることがあったら……」
　と……。

　そして、4人の友達が、私の願いを叶えようと立ち上

がってくれました。
　1人では何もできないけれど、みんなと一緒ならどんなに心強いでしょう。
　みんなをまとめてくれる人。
　資料をパソコンで仕上げてくれる人。
　帽子につける四つ葉のピンバッチを作ってくれる人。
　そしてそして……。

第1章　不思議な夢

季節は梅雨に
―浅草橋へ―

　雨が降る６月、傘を片手に浅草橋の駅前の宝くじ売り場前でＹ子さんを待っていました。

　なんだか不安。でもこの辺りに詳しいＹ子さんがいるので安心です。

　しかしアポイントもなく、私たちのような一般の人がいきなり行っても、私が被っている帽子と同じような帽子を作ってもらえるとは思えませんでした。

　無謀な挑戦だと言われるかもしれないけれど、でもやってみなければ、やらなければ何も始まらないのです。

　私とＹ子さんの強い信念で早速交渉にあたってみることに。

　一軒目の帽子の会社で、一生懸命思いを伝える私たち。

　帽子の会社なので、真剣に耳を傾けて聞いてくれます。

「それなら少し先のお店で扱っているかもしれないわ」

　と、丁寧に道を教えてくださり、応援までしていただきました。

　Ｙ子さんと、「やさしい人ばかりでよかったですね」と言いながら数軒まわったものの、なかなかいい返事がいただけず、途方に暮れて少し諦めていたところ、

「だいぶ前になるけど、仕事の関係で行った会社があります。これからその会社に行ってみましょう！」

とＹ子さん。

雨に濡れながらＹ子さんに連れられ、かつてお仕事をしていたときの取引先という会社に到着すると、女性が出て来られ、「あら〜〜！」とＹ子さんの顔を見て嬉しそうに中に入れてくださいました。

「あの〜実は……」

Ｙ子さんの話を聞いて、

「じゃあ、ちょっと待ってね。担当の者に聞いてみるといいわ」

と言った後すぐに、「どうぞ〜」と奥の２階の作業場に案内してくれました。

お部屋の大きなテーブルを囲むようにして、周りの壁にはいろいろな帽子がズラリと並んでいます。

そこでお仕事をしていた職人のM氏を紹介してくださり、私の帽子のお話をさせていただきました。

「実は、私が被っている帽子は、癌の手術後の抗癌剤の副作用で脱毛に苦しんでいたときに、夢に出てきた帽子です。この帽子に救われました。

私と同じ病気をして苦しんでいる人に被ってもらいたいと思っています。それでお願いに参りました」

第１章　不思議な夢

切実な私の話を、M氏は真剣に聞いてくださいました。
　自分の思いはすべて言い尽くした。
　聞いてもらえただけで、もう充分。

「よく分かりました。
　私たちができることでしたら、ぜひ、力になりましょ
う！」

「ありがとうございます！」
　思いは一挙に、前進。
　私たちに幸運が！

　M氏が２週間後までに、帽子のサンプルを作ってくだ
さることになりました。

　実はM氏も、私と同じように癌の体験者の１人だった
のです。
　１階の事務の女性が、２階の作業場に上がってきて、
みなさんに、温かいコーヒーを入れてくださいました。

放射線治療

　エスカレーターで地下に降りると放射線科。

　ここは人もまばらで、上とはまた別の世界。

　入口には「……核の……室」と書かれています。

　不安な気持ちでたどり着き、予約の時間までソファーに座り、待つことに。

　私以外の患者さんが２人、話すこともなく無言で静寂そのもの。ときどき、検査技師さんらしき人の出入りする姿が見えます。

　この外来の待合室にはテレビがあり、その横に置かれた水槽の中の小石や水草に見え隠れする、小さな小さな熱帯魚たちが、気持ち良さそうに元気いっぱいに泳いでいるのを私はぼーっと眺めていました。

「ＧＬさ〜ん、どうぞ中へお入りくださ〜い！」

　看護師さんの大きな声にドキ〜ン！

　診察室のカーテンが開けられ、メガネをかけた医師がカルテを開きながら、

「放射線科のＴです。よろしくお願いします。婦人科の先生から、カルテに『再発、急ぐように』と依頼が来て

第１章　不思議な夢

います」
　Ｔ先生の後方には、２人の研修生がいて、立ち上がっ
てカルテを覗いていました。

「あの〜、先生……どういうことですか？
　手術をして悪いところを取って、抗癌剤の治療だって
やりました。なぜなのでしょうか？」
　放射線の概念も何も知らないまま来ていた私は、心配
のあまり初対面の先生に向かって、声を荒げてしまいま
した。

「癌とはそういうものなんですよ。仕方がないんです。
　だから、その癌の細胞を木っ端微塵にやっつけてしま
う。それが、これからやる放射線治療です。一緒にがん
ばりましょうね！」

「……分かりました。よろしくお願いします」

　診察が終わり、水槽の横の椅子に座っていると、
「ＧＬさん！」
　と、声をかけてくれたのは、私の２回目の手術のとき
にいてくれた研修医のＹ先生。
「お久しぶりですね、びっくりしましたよ」
　あれから一度もお会いしたことがなかったので、私も

びっくりしました。

「ＧＬさん、まだまだこれから大変だけど、絶対にがん
ばっていってください」
　そう言うと、手を差し出し、やさしく握手をしてくれ
ました。
　思いがけないところでお会いできて、一生懸命に励ま
してくださるＹ先生の温かい手のぬくもりに、私の手は
震えました。

　医療技術の発展により、効果が大きい治療法とされて
いる放射線治療。
　化学療法は転移のあるおそれがある全身治療に効果的
であるのに対して、手術、放射線はともに病気の部分に
集中して治療をしていく方法です。
　ＣＴ検査（ＣＴ装置）のＣＴ画像から放射線の量を計
算し、下腹部にレーザーが投影されて位置が決まります。
　下腹部には赤と青のインクで数本の縦と横の直線と×
印が描かれ、これが、ターゲットに向かって反映するよ
うにできているそうです。

　こうして、土日を除く毎日、35回の治療が始まりま
した。

第１章　不思議な夢

北海道から幸福行きのキップ

"よつ葉との出会い"
それは幸福の始まり

北海道からうれしい便りが届きました。

「ご無沙汰しております
お身体の調子はどうですか？
放射線の治療も大変ですから
無理せず自分をいたわってあげてくださいね
ＧＬさんは１人で我慢して
がんばりすぎちゃうところがあるので…
元気！　元気！　と言って
無理してるんじゃないかなって心配しています
あまえてくださいね

あっ　そういえば帽子の件どうなっています??
気になる〜〜（笑）
早いもので病院を去って３か月も経ってしまいました
Ａちゃんは……お元気でしょうか？
北海道一周旅行をしたのですが
帯広のある駅
廃止になった　＝幸福駅＝です
愛の国から幸福へ　のキャッチフレーズで有名な
……ご存じでした？
四つ葉のクローバーといえば
『Good Luck』のＧＬさんって勢いで
何か北海道でほしいものがあったら送ります
メールで知らせてください
北海道にＧＬさんから頂いたお手紙を
持って来ています
励みになります
私もＧＬさんに負けないようにがんばります
どうぞお身体を大切にしてお過ごしください
感謝を込めて」

（ずっとお世話になっていた看護師さんからのお手紙）

第１章　不思議な夢

大切な仲間

　暑い最中の毎日の通院。
　放射線治療は大変でしたが、入院している仲間のところに寄るのが楽しみでした。
　今日はＡさんの病室へ。

　一見するといつもと変わりなく見えますが、転移が広がってしまって、先がないことを口にするＡさん。
　少し様子が……。

「みんなＡちゃんのこと心配しているからね」

　今の彼女には私の言葉なんてどうでもいいのかもしれません。
　それでもいいと思うしかないのは……くやしい。

　院内を２人で探検したり、お正月に居残りになって、金粉のかかった豪華なおせち料理を興奮して食べたことなどが思い出されます。
　私とは正反対の、頭の回転が速いＡさんの話は面白くて話が尽きませんでした。いつも私のことを見ていて、

私のことを私以上に見抜いていて、それをＡさんはいつも私に豪語するので、私はそれを聞いているのが楽しかったような気がします。

　病気のことはもちろん、先生の噂話まで教えてくれるのですが、何も知らない私には何を言っているのかよく分からないけれど、

「すごいわね～！」

　と褒めると、彼女は、

「私、天狗になるよ～」

　なんて冗談で笑い飛ばしてしまうのでした。

　体調がすぐれないと、話についていけないときもあったのですが、Ａさんは、

「ごめんね、ごめんね。私ってこういうところがダメなの。こんな私のこと嫌いにならないでね～」

　なんて言って笑い転げていたのに、いつの間にか笑い顔も消え、変わってしまいました。本当に心配でした。

　もし、自分にそういう現実が目の前にあったとしたら、どうなってしまうのか……。

　私も抗癌剤治療の脱毛で「辛い！　悲しい！　さみしい！」とか言った時期があったけど、そんなの「いのち」に比べたら、どんなにちっぽけなことだったか……。

第１章　不思議な夢

別れ

入院中に出会うべくして出会った仲間
みんな　心の底から笑い　一緒に泣いた
誰もが　自分の病気と懸命に闘っていた

辛いとき
不安なとき
悲しみも　喜びも
ともに分かち合い病気を乗り越える力になってくれた
大切な仲間たち

そんな大切な仲間との
辛い別れの日が

1人

また1人

2人は　何も言わずに　遠い天国に逝ってしまった

奇跡（癌に勝つ！）

　初めの２回は腔内照射。痛みを堪えること１時間。３日目から無痛の外照射になりましたが、痛い注射があり、放射線室から泣きながら出てくる私に、
「痛いのをあまり我慢していても良くないから」と、あっさり注射を中止にしてくれたのでした。
　長かった放射線治療も、今日が最後。

　　　　　ない　ない　ないよ〜！

　　Ｔ先生〜　どうされました？（技師さんの声）

　　　　　　　　癌が
　　　　　　　癌が……

　　　　　　　癌が〜〜

　　　　奇跡の　癌　完治　だった

「ＧＬさん、これで僕の放射線科の治療は終わります。
　これから先は、婦人科の主治医の先生の言うことをよ

第１章　不思議な夢

く聞いて、がんばっていってください」

　Ｔ先生は、私の治療を最後に、病院を去られたそうです。
　先生にお会いできて良かった～と思いました。

　放射線の治療をしながらも、夢への思いは少しも揺らぐことはありませんでした。
　幸い、放射線で癌の完治という奇跡があり、その日を目標にしてがんばってきた、私の夢への第一歩がいよいよ試されることに。
　今まで大変だったことも、癌根絶とともに、いろいろなことが思い出され、涙が止まりませんでした。

「本当に　長い間お疲れさまでした

　助けてくれたたくさんの先生方
　ありがとうございました

　そして
　負けずに生きぬいてくれた
　お母さん

ありがとう

　　　　　　　　　　長女Y、次女Y子」

　放射線治療後は、通院と自宅で療養しながら、複雑な資料や申請書と1人で格闘していました。
　それは、かなり専門的な書類なので、書類一式の業務を代行して全部やってくれる弁理士さんや、そういう仕事を請け負ってくれるところを紹介してもらいましたが、その費用が結構高く、そんな大金をかけるわけにはいきません。
　自分の夢のためのものだから、自分の力でやらなければ何の意味もないことになってしまいます。
　ない知恵を一生懸命に絞り出し、見えない道を、手探りで模索しながら目的に向かって歩いていくのでした。

第1章　不思議な夢

自分の人生は自分しか作ることができない
幸運とは、自ら動かない限りは決して訪れないのだ

　　　　　　　　（『Good Luck』の中の言葉より）

結婚式
―癌完治から1か月後―

　2006年、夏の真っ盛りに長女が結婚。

　おしゃれな若者の街、東京の青山を、私たち親子は仲良しのお友達のように歩いていました。
　目的地、ドレスのサロンのお店にたどり着くと、わくわくドキドキしながら、憧れの純白のウェディングドレスの数々に、私たちは目を奪われ、目を輝かせていました。
　癌と闘っていた私がこうして元気になって、今ここにいることが信じられない気持ちで胸がいっぱいに。

「お母様でいらっしゃいますか？
　このたびはおめでとうございます☆〜」
　一番大切な、ウェディングドレスを選ぶ「花嫁の母」というものを生まれて初めて味わったうれしい瞬間でした。

　結婚式前夜。
　お風呂に入り、長女はリビングでテレビを見ながら明日の準備をしています。

第1章　不思議な夢

髪の手入れ、マニキュア、ペディキュア、そして顔剃り、首の襟足と背中は私が剃ってあげました（あまりうまくできなかったけど、なんとか……）。

靴やカバン、お財布、ショール、化粧ポーチ、コサージュ、洋服、アクセサリーなど大事な持ち物も、私と長女と次女のそれぞれの紙袋に入れてリビングの隅に。

いよいよです。明日は精一杯、花嫁の母を務めなければ……。

絶対に泣く……、ふと、そんなことを考えながら、ハンカチと明日のカツラ、それと主人の礼服、靴下、靴も準備していました。

いつまでもテレビを見ながら、いつも以上に私に話しかけてくる長女。

そうかぁ～、今日は最後の夜。長女の方が気を遣って私に付き合ってくれているのかもしれません。

しかし、私は私で、大事な用事がまだ残っているのです。

実は明日の結婚式のときに渡そうと思っているお手紙を、長女が寝た後に書こうと密かに思っていたのです。

そんなことなど知るはずもない長女は、いっこうに自分の部屋に行く様子もなく、時間はどんどん過ぎ、眠気が……。

「お母さん、今日はありがとうね。

　明日の朝は早いから、おにぎり作っておいてもらってもいい？　お母さんのおにぎりが食べたいから。

　よろしくお願いしま～す。

　じゃあね、おやすみぃ～」

　そう言いながら長女がリビングを立ったのは午前１時過ぎ。

　ようやく１人になれたというのに、いつの間にか私は眠ってしまったのです。

　そして結婚式当日の朝。

　気づいた時には朝の６時になっていました。

　わ～、大変！　こんなはずではなかったのに。

　もう時間がありません。どうしよう……。

　長女が目覚ましで起きてきました。

「おはよう～！　荷物もまとめたし、もうそろそろ行くね。

　あっ、お母さん、おにぎり、おにぎりはどこにあるの？」

　ドキーン！

　いつもなら絶対にできているのに、こんな日に限って……。

「ご、ごめ～ん」

第１章　不思議な夢

71

「えっ、うそだ〜。向こうに行って食べる時間がないからおにぎりを頼んだのに……」

　何か食べないと気持ちが悪くなると言っていたので、怒られて当然です。あわててコンビニでおにぎりと飲み物を買い、タクシーを拾って彼女を見送りました。

　しばらくすると、私の携帯電話に、

9：40　私のカゴバッグの中にあるカギと一緒にスプレーを持ってきてください。

9：45　あと茶色いベルトもあったらお願い！

10：26　歯磨きセットもお願いします！

10：27　お母さんも早めに来てね。控え室にいるからね。いろいろとごめんね。

　出かけようと主人の部屋へ。しかし主人は体調がすぐれないらしく、用意していた礼服はまだそのまま。背を向けていた主人の気持ちを察し、そっとしておくことに。

　私は急いで娘がコーディネートしてくれた可愛いデザインの黒の洋服に、おしゃれなラメが入ったヒールの靴、カツラも付けて、次女と2人で挙式会場に向かいます。

娘と一緒に選んだドレスが似合って華やいだ気持ちにしてくれました。

　挙式が始まり、2人の素敵な馴れ初めが紹介され、花嫁のお腹には新しい命が宿っていることも報告♪
　次女の彼氏も出席していて、お祝いの言葉の中で、いきなり次女との結婚前提の交際を発表するという、公開プロポーズのようなサプライズ。皆さん「おお～っ」という歓声と大拍手に、次女は恥ずかしそうにしていました。
　バージンロードを歩くシーンになり、ドレスをお色直しして、音楽とともにドアがオープン。
　結局出席できなかった主人の代わりに、長女と私は手を取り合って、みんなに祝福されながら歩くことができ、夢のような幸せに胸がいっぱいになるのでした。
　そして母への感謝の手紙。
　娘は読みながらときどき声を詰まらせて……私も次女も涙が止まりませんでした。

第1章　不思議な夢

帽子の夢叶う

　8か月以上前に特許庁に出願したあの帽子が、審査で受理。
　実用新案登録証と商標登録書が届きました。
　2つの吉報が届いたのは、春に、あの夢を見てから11か月めのことでした。

　あのとき見た夢のことがいつまでも頭から離れず、ただ漠然とした気持ちで特許庁に行ってみたのです。
　しかし係を通して調べてもらったところ、同じようなものが81件もあるのを見て、複雑な気持ちになりました。
　あのとき夢の中で、どうして一度も見たことがなかった帽子が出てきたのか？　なぜなのか？
　どうしてもそれが気になって、じっとしていられなくなり、がんセンターを訪れたのでした。
　そこで見たのは、ほぼ私の帽子と同じ。患者さんのことを考え、工夫を凝らし、企業だからこそできる作りになって商品化され、とてもよくできていました。お値段もそれなりで、私の帽子との違いは言うまでもなく歴然としていました。その違いが分かったことで、癌患者で

ある私だからこその申請ができる、そう直感したのです。

※実用新案制度は考案者の研究成果を促進し、優れた技術・知識を世の中に公開して技術の進歩および産業の発達に寄与することを目的としているもの。

　特許法で定義された発明と、実用新案法で定義された考案とでは、創作の程度に違いがあります。私の案件は考案なので、実用新案に基づいた項目に従って、文章で説明し、図面や記号など決められた要項を満たしていくという、やっかいな作業に苦戦しました。文章の用語も指定があり、技術用語は学術用語を使い、図面の線の太さ、大きさ、字数まで決められていました。
　何が何だかさっぱり分かりませんでしたが、あきらめずにがんばりました。

　完成した書類はＳさんが仕上げてくれて、いよいよです。
　出願→基礎的要件の審査→方式審査→補正命令（案件の不備を指令書で指令）
　その手続補正書を提出できなければ、ここで出願は却下されます。

　あのとき、夢で見た帽子には"髪の毛"がついていま

第１章　不思議な夢

した。その夢が桜色の帽子に"こうしてみたら？"と教えてくれたのです。

　ずいぶん長くかかったけど、努力をしてやっと手に入れたひとつの思いのもの。
　この思いがあったからこそ、癌を克服できたのだと思います。
　癌の再発を知って応援してくれた４人のお友達、たいへんお世話になった浅草橋の方たちの温かい協力があったおかげです。

　その後、帽子の職人M氏は、体調が思わしくなく会社を辞めていました。仕事をしているときの自分が一番幸せだとおっしゃっていたM氏、かっこ良かった……。
　会社の方の応援があって、私の帽子の件はK氏に引き継いでくださっていました。
　冷たい雨が降っていて寒かったあの日、温かいコーヒーを出してくださり、みんなでいただいたあの日のことがふと思い出されます。
　みなさんのことは決して忘れません。
　みなさんお元気でいらっしゃるでしょうか？　またお会いしたいです。

> **虹の架け橋**
> ―長女の結婚から2年後―

　2009年、次女の結婚式。

　5月に入り、いつの間にか初夏のようなさわやかな風。気持ちのいい季節です。

　雨上がりの空に、大きな大きな虹の架け橋が架かっていました。

　思えば、あっという間の二十数年……早いものです。

　さあ～いよいよという感じで、私たちは車いすの夫を連れてホテルに。

　純白のウエディングドレスに、紫を基調にアレンジしたバラのブーケ。

　チャペルで永遠の愛を誓った2人。

　たくさんの人に見守られながら結婚式を迎えることができました。

　テーブルには出席者1人1人の名前が刻まれたグラスが置いてあります。

　私のグラスには、

　"Happy Days　Good Luck"

　2歳になった長女の愛娘が白いドレスを着たプリンセスになって、2人に花束と、アンスリウムというハート

第1章　不思議な夢

の形をした真っ赤な花が咲いたかわいい鉢植えをプレゼントしました。

　花言葉は〝情熱〟。

「Ｙ～こ、Ｋ～くん、おめでと～～♪」

　大成功～☆
　２人の結婚式はキャンドルリレーに託されました。

　バラの花をかたどった「ラビアンローズ」という名のキャンドル。フランス語で〝すばらしい人生〟という、今日の善き日にふさわしいもの。
　遠い昔から欧米では、キャンドルの明かりには天使がやどっていると言われています。
　やさしくそっと火を吹き消すと、願い事を叶えてくれるという素敵な言い伝えがあるそうです。

「お父さん、お母さん。
　今日は私たちの結婚式に２人そろって元気な姿で迎えられたこと、本当にうれしく思います。
　お母さんの、お料理に限らず、何かに打ち込む熱意とパワーは私も姉も圧倒されるほどです。
　お母さんの姿を見て、人は年齢や経験とは関係なく、やればできるということを思い知らされています。

ただ　お母さんは打ち込むとやりすぎてしまい、自分の体調管理ができなくなることが多々あるので、これからは無理せずのんびりと楽しんでくださいね。

　お父さん、お母さん、大切に育ててくれてありがとうございました」

　長女に続いて次女の結婚式。

　素敵な夢を見させてもらいました。

　長女のときには出席できなかった主人にとっては、これが初めての結婚式。

　かたくなな主人の心を開くのは簡単ではありませんでした。

　でも、娘の結婚式に出たいのは親の夢。

　主人は大粒の涙を流していました。

　みんなも涙……。

　次女たちが叶えてくれました。

　ありがとう。

　これからは寂しくなるけど、がんばるね。

第1章　不思議な夢

ブログ（願いを叶えるために）と
ホームページ（幸運の帽子）

　不思議な夢は私を救ってくれて、帽子の実用新案特許登録まで叶えてくれました。
　だから"幸運の帽子"。

　そのホームページを作るために、初心者コースのパソコン教室へ。
　その１日目でした。何もできないと諦めていた私が、まさかの"ブログ"を立ち上げることに。
　ブログができれば、ホームページも夢ではないと思い、その願いを叶えるために、毎日必死でパソコンに向かっていました。
　ときどき身体が悲鳴を上げてくじけそうになると、５年後の自分を想像して気持ちを奮い立たせました。
　そしてブログを開設してから４年が過ぎ。
　ついに、念願のホームページができたのです。
　私の願いを、四つ葉のクローバーが叶えてくれました。

幸運の帽子とは

　一体化式附け毛付帽子（2007年～2017年まで権利があった実用新案特許取得）。

　それは、薄毛や白髪、何らかの事情で毛髪を失った人たちでも人生が楽しくなる帽子のこと。

　特に、癌患者さんが治療中に病に負けることなく、自分らしい生活を保ち、またいろいろな検査や病室での寝起きをするときに、いつでもどこでも素早く対応できるように、

☆　金具を使用しない（CT検査、MRI検査に対応）
☆　夏や梅雨時も蒸れない
☆　簡単に手洗いの洗濯ができる
☆　就寝中にも治療中にも乱れない

帽子には色と素材に季節感をもたせ、通気性と自然さを重視した帽子に髪をつけることによりデリケートな女性の顔を引き立たせ、心にも優しく、外見上にも全く違和感がありません。女性の癌患者さんの脱毛の現実は想像している以上に衝撃的です。そんな女性のストレスから解消される部分が大きく、治療のプラスになることで

第1章　不思議な夢

しょう。
　それが「附け毛付帽子」
　夢で見た帽子をそのまま再現しました。

　いろいろな色、いろいろな帽子。いろいろな髪の長さで、2つに結わえたり、三つ編みにしたりして……。
　自分で、楽しみながら……♪

　私の一番のお気に入りは、やっぱり桜色のニット帽。
　お友達にも作ってあげました。
　冬の寒いときは二重のニット帽が暖かく、布の帽子はウォーキングのときに今でも大変役に立っています。

　これがあればもう安心。心が楽になり、毎日が笑顔になれてお出かけがますます楽しくなります。
　不思議な夢がたくさんの幸せを運んでくれたのですから。

　　　　　もう　癌なんか　怖くありません

かけがえのない大切なもの

　癌と闘い、そして、こんなにもいろいろな人に助けられ、こんなにも周りに生かされる人生なんて、全く想像もしていませんでした。

　たくさんの人から病気と引き換えにやさしさと生きる喜びをいただきました。

　前向きな楽しい気持ちが身体中に溢れ、心に湧き出る喜び。きっと四つ葉のクローバーが幸せを運んでくれたのでしょう。

　　　　生きるってたいへん　病気は辛い
　　　　　　　　　　でも
　　　いいことだって　こんなにいっぱい〜〜〜

　　　　　癌だったからこそ
　　　　生きていたからこそ
　　　いろんな奇跡に出会え
　たくさんの「幸せ」を手にすることができた

　　　　　　それは

　　　　第1章　不思議な夢

私の一生の宝物
　かけがえのない　大切なものに

　　　こんなに辛くて
　こんなにも　すばらしい人生は

　もう　二度と巡って来ないと思う
　　　本に出会えなかったら
　あのとき　夢を見なかったら

　　　この幸運の帽子も
　私のものとして存在していないので
今現在の自分もいなかったことになるのですね

　　この帽子に出会えなかったら
　　　　　何も……
　　もし　この病院でなかったら
　こんなにすばらしい先生や看護師さん
　仲間たちに出会えなかったでしょう

もし　あのとき不思議な夢を見なかったら
　　私は　一生変われなかったでしょう

　　もし　癌の病気にならなかったら

『Good Luck』という本に出会うことも

帽子の夢を見ることもなく

「願いを叶えるために」というブログも
「幸運の帽子」というホームページもありませんでした

最後に

『Good Luck』の本に　ありがとう　と言います

そして
その出会いをくれた　長女にも
たくさんの　ありがとう　を

第１章　不思議な夢

「なぜ　あのとき
　あの本にひきつけられたのか

　よく覚えていないけど……

きっと
あの本が　お母さんのところに
届けてあげてねと
言っていたんだと思います

大切にしてくれて　すごく　うれしいです

ありがとう

　　　　　　　　　　　　　　　　　　　　　　　長女」

第2章
天からの贈り物

四つ葉のクローバー

　クローバーは踏まれても踏まれてもまた元気に生えてくる、とても生命力の強い植物。
　そのクローバーには不思議なパワーがあるのは皆さんもよくご存じだと思います。

　四つ葉のクローバーを見つけた人には幸運が訪れる。
　身につければ妖精を見る透視力が得られ、蛇の害を避けることができる。
　肩越しに投げて、もしそのクローバーが草むらの中にまぎれて見えなかったら願いが叶う。
　右の靴に入れて出かければ相性ピッタリの人とも出会うことができるなど、さまざまな言い伝えがあります。

　白い花が咲くシロツメクサ、クローバーの花言葉は

「私のものになってください」

　4枚の葉それぞれに、「名声」「富」「満ち足りた愛」「素晴らしい健康」という願いがかけられ、4枚そろって真実の愛を示し、幸福をもたらすといわれています。

　ちなみに、

　五つ葉は「金銭上の幸運」。

　六つ葉は「地位・名声の幸運」。

　七つ葉は「最大の幸運」を示しているということです。

　四つ葉のクローバーは、私のラッキーアイテム。

　病気をして以来、四つ葉のクローバーとは切っても切れない存在になりました。

　その私に、また新たな神様からのプレゼントなのか、いつのまにか私は四つ葉を探す名人に。

　そして、その思いはさらなる夢へと膨らんでいったのでした。

第2章　天からの贈り物

禍福は糾える縄のごとし

　2010年、鬱から若年性脳梗塞を発症していた主人が歩行中に転倒し、大腿骨頸部骨折で手術を受け入院。

　6か月後に退院となりましたが、リハビリの病院から別の病院の大動脈センターで受診をするように言われ、紹介状を持って検査をしたところ、心臓大動脈瘤であることが分かったのです。

　主人は脳梗塞もあり、手術のリスクは大きく、手術中に破裂してしまう恐れがあると心臓外科の医師からの説明があり、家族にはあと5年の命であると告げられました。

　そんなある日、在宅介護の夫が、車いすから床に滑り落ちてしまい……、1人では立ち上がれません。

　なんとか立ち上がらせようと身体の大きな夫を抱え、
「よぉ～し　私ならできる。

　うう～～～～～ん」

　思いっきり持ち上げてしまった……、

　グキッ！

　翌日、念のために整形外科を受診しました。

　検査結果は特に異常が見られなかったので、湿布薬をもらい帰ってきました。しかしこの後、大変なことになるのでした。

５日後の早朝のこと。

　ベッドから起きようと横向きになろうとしたのですが……どういう訳か、手は動くものの、身体が、縦にも横にも動かせないのです。

　起きたいのに起きられない。焦りました。

　身体が重く、酷い痛み。誰一人起きてくる気配がなく、数時間経って慌てて救急車で病院へ、そして入院。

　尋常ではない痛み……。原因は腰椎圧迫骨折で、化膿性脊椎炎でした。

　炎症数値が43とかなり高く、検査、検査で一時はどうなるかと思いましたが、

　２か月の安静、３か月後に腰から胸までの堅いコルセットを装着して退院へ。

　なんとか歩けるまで良くなりましたが、階段の上り下りは１人ではできず、歩くたびにどんどん足が重くなり、リンパ浮腫が悪化。そのため腰と下肢の両方の痛みに耐えるしかありませんでした。

　８か月が過ぎてようやく腰椎骨折の治癒が確認され、主治医の先生の紹介で脚のリンパ浮腫の治療を始めたのでした。

　リンパ浮腫の治療は想像以上でした。

　重症だったので、それはそれはとても根気のいる治療

第２章　天からの贈り物

でした。

　リンパ浮腫の専門の病院に通院し、リンパドレナージ（リンパのマッサージ）と、圧迫療法のバンテージ（包帯を巻く）をします。

　自分一人でもできるように指導してくれたのですが、私の場合はまだ腰を充分曲げることができません。一緒についてきてくれていた長女に覚えてもらい、両脚の包帯とマッサージの、１時間以上もかかるこの２つを毎日毎日。

　３歳の孫も、部屋中いっぱいに広がった包帯を集めて、クルクル、クルクルと巻くお手伝いに一生懸命です。

　そして、圧迫療法をして歩くリハビリも。

　早朝の誰もいない時間を見計らって、帽子を被り、カメラだけ持って、近くの公園までウォーキングを始めました。

　腰にはコルセット、脚には何重にも包帯を巻いているので、夏は暑く、とても疲れます。

　そんな疲れを癒してくれるのは、やはりクローバー。

　写真を撮ったり音楽を聴きながら、公園にいる時間をひとりで楽しんでいました。

四つ葉のクローバー　風薫る5月

新緑がまぶしい季節になってきました
毎日のように近くの公園に行っていた
ウォーキング

脚の痛みが出るのが心配で
しばらく　お休みをしていましたが

気になるクローバー
いつもの公園に見に行ってみると……

やっと　出てきたクローバーの中から

小さな小さな四つ葉を見つけ

うれしかったです♪

幸せを運ぶ四つ葉のクローバー

クローバーが公園にあるのは当たり前ですが
ここは
ただの公園ではないことがだんだん分かってきました。
そうなんです
四つ葉が……
行くたびに必ず見つかります
２、３本ならまだしも
こんなに〜〜！

病気をしたあのときに読んだ四つ葉の物語を思い出し
なんだかうれしくなりました

お彼岸なので娘とお寺へ

　主人が1歳になる前に病気で亡くなった、彼の実のお父さんのお墓参りに。

　今まで長いこと来ているお寺ですが、この日はめずらしく、占いの鑑定士さんがいらっしゃっていました。

　この鑑定士さんは檀家さんで、ご奉仕に。だから鑑定料はお寺に納めます。

　私もさっそく、気になっていることがあったので聞いてみることにしました。

　すると、その鑑定士さんがこんなことを……。

「方位学でいうと、今通っている公園は、あなたにとってとても良い方角なので、毎日行くと良いですよ。

　ただし、雨の日も、風の日も、嵐の日も、毎日毎日必ず行ってください。

　1日欠かせば、もうゼロに。

　またスタートに戻ってしまいますからね」

　言われたとおり、言われた時間に毎日毎日、公園までウォーキング。

　辛いことも、うれしいことも、いっぱいあったので、

第2章　天からの贈り物

いろんなことが浮かんできます。歩くこと、公園に行くことが楽しくなりました。

　あっという間に6か月が過ぎて、また鑑定士さんにお会いすることができました。

　今度は毎日休まずウォーキングを続けていることと、ミラクルなことが起こっていることを報告すると、

「それはね、あなたが良いということを実行したからですよ。
　大切なことを言ってあげても、実行しなければそれまでです。
　これからもずっと続けてくださいね」

　と、うれしそうに言ってくださいました。

　私も主人も大きな病気になり、そんな家族のことを心配して、天国にいるお父さんが鑑定士さんに出会わせてくださったのかな、そんなことを思ったのでした。

「お寺」で思い出したことがあります。
　あれは循環器内科の先生が病院を去られる前の、最後の受診のときでした。

挨拶はしっかりとしなくては。そう思いながら病院へ、そして受診。
　いつも口数が少なくさっぱりとした先生。でも、この日は違いました。

「私の後任が決まりましたよ。
　とてもやさしい先生です。
　僕よりも若いのですが、頭が禿げていて……。
　彼、結構、歳がいって見えます。
　苦労しているんですね」
　と冗談も。

「ＧＬさん、リンパ浮腫ですが、座っているときは貧乏ゆすりをするといいです。
　こうしてやるんです」
　と、やって見せるので、思わず笑ってしまいました。

「ＧＬさん、病気とうまく付き合っていってくださいね。
　生きている以上は〝四苦八苦〟なんですよ」

　〝四苦八苦〟とは仏教のお釈迦様の教えにあるように、この世の悩みを凝縮した言葉。
　四苦八苦の四苦は「生老病死」、人間の苦悩のこと。

第２章　天からの贈り物

八苦はその４つに加えて、「愛する者と別れなければならない苦しみ」、「憎んでいる対象に出会う苦しみ」、「欲しいものが得られない苦しみ」、「心身の機能が思うようにならない苦しみ」のこと。

人は集団生活の中で、経験・体験から知識が深められる、つまり「他山の石」（他の山から採れたつまらない石が、自分の持っている玉を磨く石として役に立つ、というところから、他人の誤った言行も自分の行いの参考となるという、中国の古典からの言葉）で処世術を学ぶといわれます。

また、今の幸せがずっと続くと思ってしまいますが、それは違います。

親孝行したいときには親はなし。大切なことは他者への思いやり、関心、慈悲の心をもって暮らすということです。

今与えられた能力を使って、今の時間の中でできる限り思いを遂げること、そういう心構えがいつも大切だと思います。

だから、苦しみは苦しみとして生きるのではなくてその苦しみとどう生きるか、なのです。

「ＧＬさん、鎌倉にでも行かれたときは大仏様の半眼の目をよ〜く見てきてください。

あれが悟りの深い、愛情を持った目なのですよ。
　そういうことで　あなたにこんなお話をさせてもらっ
たのは……、"一期一会"ですから」

　心に響くお話に、心が洗われるようでした。

　先生は、大学病院に15年以上もおられたそうです。
　大学病院というところは高度医療を研究するところだ
から、これからは患者目線の医療に携わりたい……、そ
う言って名刺をくださいました。
　お父様の病院で、副院長として携わられるようです。
　先生、どうもありがとうございました＾＾。

　先生にと思って、私が用意していたもの、それは、鎌
倉の名物、鳩サブレでした（偶然です）。

第２章　天からの贈り物

ミラクル☆

　5月、6月、公園は生き生きとしたクローバーでいっぱいになりました。
　そのミラクルとは……。

　公園を歩いていると、5本、10本……と。1本の四つ葉のクローバーを見つけると、すぐその横に5本、そして10本と、自然にその「お宝」の場所へ道案内してくれるのです。

　とっても不思議。
　そして50センチ四方の場所に、なんと150本、300本……。
　すご～い!!

これには驚きました。
　摘んできた四つ葉は、まるでカイワレのサラダのようになってしまいますが、水に挿してあげると見る見る間に元気によみがえり、きれいな四つ葉に生き返るのです。

　言うだけではとうてい信じてもらえないので友達にも写メールで送ってあげました。

　長女たちも、毎日見ているので50本くらいでは驚かなくなってきました。
　摘んでも摘んでも次々と見つかりました。
　行くところ行くところに四つ葉のクローバーがあるのです。
「たくさん摘んでね」
　というメッセージが、どこからか聞こえてくるようでした。
　宝の山が今にもパッ！　と消えてしまいそうで、脚をかばい、膝をつき……。
　……無我夢中で目の前の四つ葉を摘んだのでした。

第２章　天からの贈り物

四つ葉のクローバーの押し花

　夏の暑い時期を除く、5月、6月、9月、10月の4か月間に摘んだ数を書いたカレンダーを見ていたところ、四つ葉、五つ葉、六つ葉を合わせ、4100本を超えていたのです。

　リンパ浮腫も毎日のウォーキングのおかげでだいぶ良くなりました。
　こんなにたくさんの四つ葉を見つけることができて、その四つ葉を押し花にしている姿なんて、半年前までは想像できなかったことです。

　私にとっては、いのちと同じくらい大切な四つ葉。
　どんなに疲れて帰ってきても、
　1本　1本を　大切に。
　こうして一生懸命押し花に。

私の体調が少し思わしくなく、摘んで水に挿しておいたたくさんの四つ葉が、今にも枯れそうになっていたところに、
「具合はどう？」
　と、ときどき、心配して、思い出したように電話をしてくれる、スピリチュアルな、カリスマ的な美人のお友達。
　私が早朝からリンパ浮腫のリハビリをしていること、そしてたくさんの四つ葉を毎日押し花にして"しおり"まで作っていることを知っていたので、体調を気づかい、
「もし、私でよければ、喜んで……」
　そう言ってくれました。

第2章　天からの贈り物

朝の公園

　脚のリンパ浮腫の通院とリハビリのためのウォーキングを始めて、早いもので、3年になりました。

　まだ誰もいない朝の公園。
　今でも毎日のように来ています。
　6時を過ぎると、80人以上の近所の人たちが、ラジオ体操や犬のお散歩にとやってきます。

　ワンちゃんたちも、クローバーの上を元気に飛び回って遊んでいます。
　気持ち良さそう♪〜

　スズメの親子にほのぼの。
　この時期のこの公園は、一面、クローバーとその白い花の絨毯に敷き詰められて、すご〜くきれいです。

　ホラッ！　テントウムシさんも♪〜♪

第2章　天からの贈り物

雨あがりには、踏まれていたクローバーたちが、生き返ったように、こんなに元気に。

　そして、公園はマイナスイオンでいっぱいになり、不思議〜〜。

　今まで隠れていて見つからなかった四つ葉が、次々と顔を出してきましたよ〜♪

17,000本を超える

　四つ葉だけでなく、五つ葉、六つ葉、七つ葉、八つ葉とたくさんのクローバーが見つかり、どんどん増えていきました。

　今まで摘んできた数は10,000本から17,000本を超える勢いです。

　実家にいる姉からも、たくさん四つ葉が見つかっているという声をたびたび聞くようになりました。

　それにしても、こんなにたくさんの四つ葉。

　信じられないような数ですが、全部私が摘んできた四つ葉であることは間違いありません。

　私に光を照らし幸せを運んでくれている四つ葉。今度は、私が"生かす時"、それを四つ葉も願っているような気がしてならなかった。

　今自分ができることはしおりを作ること、それしかないと思い、試行錯誤しながらしおり作りに励みました。

　そして、200枚できたところで、まずは教会の牧師さんに。お世話になったお友達にも分けてあげて、あっという間になくなっていきました。

　幸せを運んでくれる四つ葉をキラキラ輝く四つ葉のし

第2章　天からの贈り物

おりに。目標は10000枚です。

　　　　ねえ〜　この四つ葉
　　　すごく綺麗だと思わない

　うん　すごく　きれいよ〜〜　ウフフフ

　　たくさんの四つ葉に囲まれて
　２人で顔を見合わせニヤニヤしながら
　　しおりをを作っている私たち

　　　ちょっと　変ですが
　　すごく楽しい　♪〜

　あのとき、「私でよかったら」と言ってくれたあの美人のM・Mさんが、週１回午前中の２時間だけしおりを作るお手伝いに、家に来てくれることになりました。

ラッキーカラー☆

「毎日、同じコースを歩きましょう。
　休んだらゼロです。意味がなくなりますからね。
　雨が降っても、槍が降ろうとも、休んではいけません。
　そのためには、最初から無理のない距離で、
　雪が降り積もっても歩けるコースにしておくことです」

　そう言ってくださった鑑定士さんと、またお寺で出会いました。
　今回は、カバンに忍ばせていた"しおり"を差し上げたのです。
　さすがにびっくりしていた様子。すごく喜んでくれました。

「明日、私の家の方にいらっしゃい」
　と言っていただき、私もびっくり！

　翌日、ご自宅の方に伺い、「五行の色」について教えていただきました（鑑定士さんは「気学」の先生でした）。私はさっそく5色の紙を買って帰り、その夜は寝

ずに、その色を使って新たな５色の"しおり"を作りました。

そして、またご自宅に。

白、黄、紫に近い赤、青、黒の５色。
これが気学の「五行の色」。
それぞれの生まれた年によって自分の色があるのだと、教えていただきました。

自分が生まれた年を「本命星」といい、

　　　一白水星　　四緑木星　　七赤金星
　　　二黒土星　　五黄土星　　八白土星
　　　三碧木星　　六白金星　　九紫火星

の九星に分かれています。

五行の関係（水星、木星、火星、土星、金星）

水星は木星を助け　金星に助けられる
木星は火星を助け　水星に助けられる
火星は土星を助け　木星に助けられる
土星は金星を助け　火星に助けられる
金星は水星を助け　土星に助けられる

五行の「色」

水星……黒
木星……青
火星……紫に近い赤
土星……黄色
金星……白色

となります。

自分を助けてくれる人の色、自分が助けてあげる人の色。
つまり自分にとって一番いいのは、助けてくれる人の色。

だから「ラッキーカラー」となるわけです。
私の本命星は金星です。
ということは、私を助けてくれるのは「土星」で黄色です。
娘2人も、お友達もみんな「土星」。私の周りには土星の人がいっぱいいたことがやっと分かりました〜。

自分のために、知っておいても無駄ではありません。

第2章　天からの贈り物

自分を守ってくれる色、守ってくれる人、自分のラッキーカラーを捜してみるといいと思います。

　生活に役に立ち人生の指針になればと、私も気学を教えてもらうようになりました。

　でも、奥が深く難しくて、なかなか覚えられません。

「吉」方向が鎌倉だった年には、毎月1回1年間、12か所をお友達と2人で回りました。
　大雨でびしょ濡れになったり、雪のときもあったけれど、すごく楽しかったこと。今でも思い出します。
　鎌倉の大仏様の半眼悟りの目もしっかり見てきました。
　脚も腰もまだ大変なときでしたけど、鎌倉のお友達が助けてくれたおかげで無事に……。
　そのうち、きっといいことがあります♪～

　四つ葉がつないでくれた、鑑定士さんとの出会いですもの。

鑑定士さんに出会って3年後

　なんと…なんと、今度は押し花のインストラクターの先生と思わぬ出会いが……。そして、思わぬ展開に。

　商店街で押し花の展示会をやっていました。気になって入ってみたところ　額絵が壁やテーブルにいっぱい飾られ、綺麗な作品に私は見入っていました。

「よかったら、あなたもやりませんか？」
　私は、ちょっと……。
（四つ葉のクローバーを押すだけで手いっぱいの私。
　何も知らない人に、毎日公園で四つ葉を摘んでいることを言ったら、きっと変な人に思われるでしょう。そんなこと言えません）
「主人の介護があり忙しいので、無理です」
　と言って、記帳して家に帰りました。

　そんなことなどすっかり忘れていたところに、
「もうすぐ教室がありますから見学に来てください」
　という、先日の押し花の先生からの電話。そしてその前日にも、

第2章　天からの贈り物

「明日よ～。待っていますね」

　ということで、見学に行くことになりました。

　教室に行ってみると、そこには押し花のお花が用意してあり体験させてくれました。

「綺麗でしょ、一緒にやりましょうよ」

　そう言われても……やはりたくさんの四つ葉が気になります。とても花までは手が回りません。返事ができず困りました。

　それでも先生はあきらめません。熱烈なアタック。

　この先生に出会えたのも……天からのメッセージなのかもしれない。

　やるしかないんだ、きっと。

　やるなら今。今やらなければ……と。

　こうして、押し花を本格的にやることに決めたのです。

　額絵の作品を作るために、自分の好きなお花を買ってきて、押し花用の乾燥マットで、３、４日しっかりと乾燥させます。それから外して密封袋に保存。また別のお花を押してピンセットで外す……。

　細かい作業なのですご～く時間がかかります。その間に四つ葉を摘んできて押し花に。休む暇もなくがんばっていました。

額絵にするとき、空気を完全に抜いて密封した状態にしているのを見て、そうすれば花や葉っぱの色が変わらないことが分かったのです。

　空気にさらせばすぐに色が変わってしまうのは、四つ葉も同じです。だから色が変わらないうちにしおりを作るようにしていたのです。

「額絵は密封できるので、自然の色でいつまでも綺麗なまま保存ができて、10年以上は大丈夫なのよ」

　先生はそうおっしゃいました。

　これが私の知りたかったことで、押し花教室に入って本当によかったと思いました。

　それと分かったことがもうひとつ。それは作品に対してすごく厳しい先生であるということ。

　1年ぐらい、ずっと泣いてばかりでした。

　でも教室の先輩や娘に励まされて、もう少し、もう少しとがんばっていたら、早いものでもう5年目になり、たくさんの額絵の作品ができてきました。先生のおかげです。

　思いが込められている作品なので、私の大切な宝物に。

第2章　天からの贈り物

「菜の花」

「For You」

思わぬ展開

　帽子の特許を取得する少し前まで、パソコンは絶対に無理だとずっと思っていました。

　しかし、そのパソコンを諦めずに挑戦したことで、何もできない私が「ブログ」をするという、願ってもないチャンスが巡ってきたのです。

　無我夢中で闘病中に書いた日記をブログに。そして、その後にホームページも開設。

　そこに気学と、押し花……。やはり、手が回らなくなって公園には行けなくなってしまいました。

　でもこのとき、すでに、四つ葉は20,000本を超えていたので、しばらく公園には行かないようにしました。

　その分、だいぶ押し花の方に力を注げるようになってきたのでした。

　そんなある日のこと、いつもの受診が終わり外来病棟の1階で会計を済ませ帰ろうとしたそのときでした。

　ロビーの壁に、写真、ちぎり絵、俳句などの展示をしているギャラリーパネルの下の方に、小さく、

　"展示のご案内"

　その文字の上には「患者様のサービス向上のための作

第2章　天からの贈り物

品展示をご希望の方はご連絡ください」という文字が見えたのです。

　患者様の……サービス向上のための作品……？

　押し花の額絵を展示することは全く考えたことはありませんでした。
　ただ、命を救ってくれた病院へのたくさんの感謝の思いがあり、これを見たときに、その思いを形にしてくれるチャンスではないか、と思ったのです。今の私にできること。それが今なのかもしれないと。
　頭の中が混乱していたのでとりあえず、電話番号を控えて帰りました。

　家についてお電話をしたところ、担当者の方とお会いできることになりました。
　手には押し花の額絵を1点持ってドキドキしながら病院に向かいました。
　そして、担当者のところへ。
　たくさんいらっしゃるボランティアさんの中の1人として展示の説明をしていただきました。
　自分のこと、病院への思いを伝え、これならと思い選んだメルヘンな、紫陽花の花と、傘をさして長靴をはいた女の子の作品も見ていただきました。

「分かりました。
　それでは、展示の希望の日があれば、今から予約して
おきましょう」
「できましたら来年、12月にお願いします」
「分かりました。クリスマスですものね」

　もしあのとき、押し花の先生に、出会わなければ。
　もしあのとき、断っていたら。
　もしあのとき、厳しいからとやめていたら。
　展示のご案内という文字は見えなかったでしょうし、
当然、このようなチャンスも巡って来なかったでしょう。

幸運は誰でも
自分の手で作り出すことができるんだ
そして　手にした人にかならず幸せを運んでくれる
本物の幸せをね
だから　幸運と呼ばれているんだよ

『Good Luck』の言葉より

第2章　天からの贈り物

ついに願いが叶うときが

　2017年、12月。

　あれから1年がたち、いよいよ……。

　クリスマスです。病院の了解を頂き、ツリーに四つ葉のオーナメントを飾り、ギャラリーのそばに置かせていただきました。

　イルミネーションライトでキラキラ☆☆＊

　前日には、押し花の先生と教室の先輩が、額絵の作品12点の展示のお手伝いに来てくださり、とてもうれしく、心強かったです。

　展示の開催中、毎日見守ってくれていた係の方も
「ＧＬさん、よかったですね。

　あのとき、病院に恩返しをしたいって、おっしゃって

いましたものね」
　と、自分のことのように喜んでくれました。

　こうして私の行く先々で四つ葉のクローバーは、幸せ
を運んでくれていました。

　13年もの年月に、20000本以上の四つ葉は、この日が
来るのをずっと応援してくれていたのですね。
　癌と戦い孤独の淵を彷徨う私に、やさしく手を差しの
べてくれたあの日、あの時のことを1日たりとも忘れた
ことはありません。
　お世話になった大好きな病院で、私の願いがこんなに
も素敵な形でかなうなんて、夢のようでした。

　まさに四つ葉は天からの贈り物です。
　その四つ葉のクローバーが運んでくれたかけがえのな
い大切な宝物を、宝の箱に入れるために私はいつも一生
懸命がんばっていたように思います。

　病気からいただいたかけがえのない大切な宝物。
　それは病院の先生、やさしかった看護師さん、仲間や
お友達。
　不思議な夢がくれた帽子は、特許という宝箱に収め、
それらを、ブログとホームページという宝箱に収めたの

第2章　天からの贈り物

でした。そして、今度は気学、押し花……そのすべてをこの『いのちのいのちの物語』に収めることにしたのです。

　永遠に忘れることのないように、「本」という「一生の宝箱」に。

私の作ったしおりです。

よーく見ると輝いています。

ほらねっ。

宝石のように。

私のすべての思い、このすべての奇跡に感謝して
喜びと感動をくれた天からの贈り物を、
大切な、大切な、あなたに贈ります。

あなたのすぐそばにも、
あなたを輝かせてくれる何かが
きっと待っています。
探してみてくださいね。
そして、
いのちのいのちのいのちへとつないでください。

　　　　　　愛は神様からの贈り物
　　　　　誰もが神に愛されている
　　　　わたしはいつもあなたと共にいる
　　　　約束を決して破ることはない

　　　（入院の日に行った教会の小さなパンフレットに
　　　　　　　　　　　　　書いてありました）

第 2 章　天からの贈り物

著者プロフィール

ＧＬ（じーえる）

千葉県出身
東京YMCAデザイン研究所革工芸科卒業
国際薬膳師資格取得
ふしぎな花倶楽部（押し花倶楽部）所属
現在神奈川県在住

いのちのいのちの物語　四つ葉のクローバーが運んでくれた幸せ

2019年12月15日　初版第1刷発行

著　者　GL
発行者　瓜谷　綱延
発行所　株式会社文芸社
　　　　〒160-0022　東京都新宿区新宿1－10－1
　　　　　　　　　　電話　03-5369-3060（代表）
　　　　　　　　　　　　　03-5369-2299（販売）

印刷所　株式会社フクイン

©GL 2019 Printed in Japan
乱丁本・落丁本はお手数ですが小社販売部宛にお送りください。
送料小社負担にてお取り替えいたします。
本書の一部、あるいは全部を無断で複写・複製・転載・放映、データ配信する
ことは、法律で認められた場合を除き、著作権の侵害となります。
ISBN978-4-286-21065-0